3ᵉ Fascicule.

LE

POÈME

Publication Mensuelle

UNE

PARTIE D'ÉCHECS

PARIS

MAURICE DREYFOUS, ÉDITEUR

13, RUE DU FAUBOURG-MONTMARTRE, 13

—

1889

UNE PARTIE D'ÉCHECS

Tirage à 500 exemplaires numérotés

N°

VICTOR BARRUCAND

UNE

PARTIE D'ÉCHECS

POÈME SCÉNIQUE

MDCCCLXXXIX

AU POÈTE

CATULLE MENDÈS

CETTE PIÈCE

EST DÉDIÉE

V. B.

Dist l'amirès : « Ma fille, or m'entendés :

« Il vous convient à che vallet juer ;

« Se le poés au ju d'eskiés mater,

« Trestot errant ara le cief copé,

« Et, s'il vous puet faire du ju torner,

« De vous fera tote sa volonté.

— Sire, dist ele, puisque vous le volés,

« Moi le convient, u veule u non gréer. »

. . . .

(Chanson de geste.)

ACTEURS

Huon de Bordeaux.
Yvorins
Bathilde, fille d'Yvorins.
Un ménestrel.
Un serviteur.

La scène se passe au château du comte Yvorins, vers la
fin du règne de Charlemagne.

UNE

PARTIE D'ÉCHECS

—

Le théâtre représente une salle de château dans le goût byzantin. Au lever du rideau, Bathilde, debout près de la fenêtre à baie profonde, regarde au loin, rêveuse.

SCÈNE PREMIÈRE.

BATHILDE, puis YVORINS.

BATHILDE, après un silence.

Le reverrai-je encore aujourd'hui ? — Non, sans doute.
C'était un ménestrel, il poursuivait sa route,
Il a passé. Je suis bien folle de songer,
Moi, fille noble et riche, à lui, cet étranger.
Quand il leva les yeux, j'étais à cette place,
Son regard a croisé mon regard bien en face,
Ce fut tout. Maintenant je pense encore à lui ;
Et comme si j'étais l'ombre ou l'éclair a lui,

Mon cœur est plus vivant, mon âme ensoleillée
Croit d'hier seulement s'être au jour éveillée.

Sans suite dans les idées.

Le temps est beau, l'azur est baigné de clarté...
Bien que pauvre il avait un air plein de fierté.

Une pause.

Ah! plutôt que de vivre en la froideur mortelle
De ce château hanté du vent dans la tourelle,
Être née indigente et s'en aller à deux
Poursuivre l'inconnu des chemins hasardeux,
Respirer le grand ciel comme des oiseaux libres,
Et dénicher le nid où joyeuse tu vibres,
Belle chanson d'amour qui fait battre le cœur !
Mais la chaîne est rivée à mon élan vainqueur.
N'y pensons plus. C'est morne et désert la campagne,
Quand on y marche avec son âme pour compagne,
Son âme vide et qui d'espoir aurait besoin.

Sur la fin de ces paroles, Yvorins est entré.

YVORINS.

Que regardez-vous donc si fixement au loin,
Bathilde, est-ce un nuage, un oiseau qui s'élève,
Ou bien les moissonneurs aux champs ?

BATHILDE.

Non, c'est un rêve.

YVORINS.

Ce rêve, quel est-il ?

BATHILDE.

Comment vous l'indiqeur
Sans l'affadir de mots et sans le compliquer ?
Je voyais le soleil dorer les moissons mûres,
J'écoutais la chanson des bruits et des murmures,
J'étais émue avec un peu de joie au cœur.

Voyant son père qui sourit, elle s'interrompt.

Mais je ne dis plus rien... vous êtes un moqueur.

YVORINS.

Un moqueur ! chère enfant. Non, je suis votre père
A qui vous n'avez rien à cacher, je l'espère.
Puis, j'ai fort bien compris sans me faire prier,
Vos désirs sont les miens : il faut vous marier.

BATHILDE.

Vous dites ?

YVORINS.

Il faudrait.

BATHILDE.

Vous concluez trop vite.
Me marier, pourquoi? La chose est bientôt dite...

YVORINS.

Parce que mes cheveux sont blancs, les vôtres blonds ;
Et que ma vie est courte, et que vos jours sont longs.
Vous êtes mon enfant, mon sang et ma substance ;
L'heure qui finira ma chétive existence
Ne m'emportera pas à la mort tout entier ;
Vous vivrez, vous ma race, et le vieil arbre altier
Foudroyé verdira dans le rejeton frêle.
Voudrez-vous qu'il se fane et que sa fleur si belle
Meure aussi desséchée avant d'avoir germé ?
Voudrez-vous donc mourir avant d'avoir aimé ?

BATHILDE.

Aimer qui ? — Je vous aime. Aussi bien rien ne presse.
Faire d'un étranger l'objet de ma tendresse,
Ce serait m'enlever à vous en même temps ;
Père, vous oubliez que je n'ai pas vingt ans.
Quelle amitié pour moi remplacerait la vôtre ?

YVORINS.

Pardieu ! vous n'êtes point faite autrement qu'une autre !
En ceci je vois clair : dédaigner les maris,
M'est un signe d'amour autant que de mépris...
Aurais-je deviné, belle mystérieuse,
Parlez. Depuis deux jours vous êtes moins rieuse,
Contez-moi donc, tout franc, par quel beau damoiseau
Votre cœur s'est laissé prendre ainsi qu'un oiseau.

BATHILDE.

Vraiment, je n'ai personne à vous faire connaître.
Je suis libre, mon père, et vous êtes mon maître,
Mon guide, mon seigneur, mon conseil, mon appui.

YVORINS.

Ainsi, je ne saurai rien de plus aujourd'hui.

Moment de silence. Il fait quelques pas et revient vers Bathilde.

Sur le baron Seguin, quel est votre pensée ?

BATHILDE.

Il dépense fort bien la fortune amassée
Par ses aïeux. Il n'est bruit dans votre comté
Que de son train de vie et de sa vanité.

YVORINS.

Hum ! il ne vous plait pas. Et le sienr d'Amaurit ?

BATHILDE.

Il est riche en discours, mais si pauvre en esprit...

YVORINS.

Contre Gautier d'Ermont, vous resterez sans arme.

BATHILDE.

Il n'a rien fait, rien dit, c'est là son plus grand charme.

YVORINS.

D'autres seigneurs encore, et le nombre en est grand :
Tristan de Naime, Eloi de Fortisse, Enguerrand,
Vous ont fait demander pour femme, en mariage.
J'ai d'abord refusé, j'ai parlé de votre âge,
Nul ne me paraissant à ma fille assorti,
Et puis, comme il fallait enfin prendre un parti,
Je les ai convoqués demain tous à ma table,
Vous choisirez.

BATHILDE.

Mais c'est un moyen détestable,
Car tous ces prétendants vont être d'un jaloux,
Ils se regarderont avec des yeux de loups...

YVORINS.

Loin de là. Chacun d'eux voudra surtout vous plaire.
C'est un mauvais plaisant qu'un jaloux en colère.
Et, pour plus de prudence, à ces beaux fanfarons
Je donne pour voisins de table mes barons,
Leurs pères, ces guerriers dont vingt ans de bataille
Sous le poids du haubert n'ont pas courbé la taille.
Ils furent compagnons de mes premiers exploits ;
Nous avons porté haut l'honneur du sang gaulois.
On est toujours heureux de voir qui vous ressemble ;
Nous nous sommes battus et nous boirons ensemble,

Quoi de mieux ? D'y penser, je me sens rajeunir.
Nous parlerons d'hier et vous de l'avenir.

BATHILDE.

J'aime à vous voir ainsi, père. Soit, cette fête
Me plait. Pourtant ma joie est loin d'être parfaite,
Car, résultat dernier, je dois prendre un mari.
Après les courtisans je vois le favori,
Serviteur qui bientôt s'appellera le maître,
Et que j'aurai choisi presque sans le connaître.
J'étais bien, près de vous, pourquoi partir sitôt ?

YVORINS.

Vous ne quitterez pas, j'espère, le château.
Vous vivrez près de moi. Je n'avais qu'une fille
Et j'aurai deux enfants, sans compter la famille
Qui viendra. Je suis vieux assez pour être aïeul.
Sangdieu ! je ne veux pas que vous me laissiez seul.

BATHILDE.

Pourtant s'il l'exigeait, lui mon seigneur et maître,
Sans rien dire à son ordre il faudrait me soumettre.

YVORINS.

C'est vrai. Je n'avais pas prévu semblable cas.

BATHILDE.

Croyez-moi, n'allons pas chercher ces embarras.

YVORINS, avec colère.

Ah ! ça non ! Qu'un gredin, en citant l'Ecriture,
Me vole, au nom du droit, ma fille ! l'aventure
Serait cruelle. Il veut, et si je ne veux pas ?

BATHILDE.

Lors, pourquoi s'engager en un tel mauvais pas ?

YVORINS.

Oui, vous avez raison, ce serait ridicule.
Je m'avançais trop loin, à présent je recule,
Et rien n'est fait encor, nous en reparlerons.
Pourtant n'oublions pas que demain mes barons
Seront ici. Allez, enfant, car je vous charge
Du soin qu'ils soient reçus d'une manière large.

BATHILDE.

Sous mes ordres le vieux château sera coquet.

YVORINS.

Sans doute. — Où mettrez-vous la table du banquet?

BATHILDE.

Je ferai décorer de fleurs la salle haute
Et...

YVORINS.

Vous m'avez compris : On se doit à son hôte.

Bathilde sort.

SCÈNE DEUXIÈME.

YVORINS.

YVORINS, après un silence.

En vérité, j'avais grand tort de m'indigner
En pensant que Bathilde allait m'abandonner.
J'étais moins scrupuleux en matière d'esclandre,
Le jour où j'enlevai la jeune Yves de Flandre.
Je condamne à présent ce qu'autrefois j'ai fait ;
Et pour tout c'est ainsi tant l'homme est imparfait.
Soyons moins égoïste et quoi qu'il en advienne
Donnons à sa faiblesse un bras qui la soutienne.
Marions mon enfant. Si la mort vient après
M'appeler, je mourrai sans craintes ni regrets ;
J'aurai rempli ma tâche et Dieu m'en tiendra compte.

La marier ! c'est simple, elle est fille d'un comte.
La richesse, le nom, la vertu, la beauté,
Elle a tout. Le seigneur le mieux apparenté
Doit s'incliner devant ses titres de noblesse,
Et près de son pouvoir toute force est faiblesse.
Qui donc peut aspirer à son rang glorieux,
En quelles mains donner ce joyau précieux ?
Quand pour l'obtenir, c'est trop peu d'un vain prestige,
Même le fils d'un roi sera son homme lige,
Si ma fille ne veut en l'aimant à son tour,
Le faire son égal de par le droit d'amour.

Mais elle n'aime pas. Venez donc à la joûte,
Nobles, que ce triomphe à vos gloires s'ajoute.
Lequel réussira, quel sera le vainqueur,
Qui pourra se flatter d'avoir gagné ce cœur ?
Je ne saurais le dire, hélas! cela m'irrite,
Car ils sont tous égaux n'ayant aucun mérite.

O souvenirs d'antan! Les jours sont bien changés.
Autrefois nous étions amoureux des dangers ;
Nous courions à la guerre, à l'amour, à la gloire ;
A vingt ans un soldat s'inscrivait dans l'histoire ;
Les ennemis comptaient nos pas à leurs revers ;
Le bruit de nos exploits emplissait l'univers.
Les Maures, les Normands, les Saxons d'Allemagne,
Tremblaient en écoutant la voix de Charlemagne ;
Et jusque dans Bagdad, le calife prudent
Redoutait les rayons du soleil d'Occident.
Mais l'empereur vieillit et la grande épopée
Qu'il écrivit trente ans avec sa lourde épée
S'achève. Il tient le monde encore dans sa main,
Après lui, qui pourra le supporter demain ?
Quel bras est assez fort pour un tel héritage ?
Tout va se disloquer dans un honteux partage ;
Sur le corps du lion les chacals vont courir ;
Chacun dit : « l'Empereur tarde bien à mourir. »

La race des vaillants n'est pourtant pas éteinte.
Dans le silence mort, plus d'une cloche tinte
Qui lance à la volée, un grand nom, un haut fait.
Hier, c'était Roland à Roncevaux défait,
Dont la mort glorieuse est comme une victoire
Sonnant aux jours futurs le chant du cor d'ivoire ;
Puis Gérard, Guy, Robert aux immortels travaux,
Et, le plus grand parmi tous, Huon de Bordeaux,
Le brillant suzerain qui règne en Aquitaine.
Aussi noble de sang que brave capitaine,
Sa jeune gloire éclipse un cycle tout entier,
Et dernier de sa race il en est le premier.

Voilà bien l'épouseur qu'il faudrait à ma fille.
Mais, comme un astre pur qui loin des regards brille,
Dans ce pays il n'a jamais porté ses pas :
Nous voyons le soleil et lui ne nous voit pas.

Ah ! si le Dieu clément du Ciel voulait m'entendre,
Je lui dirais : « Seigneur, vous aimez a répandre
Vos bienfaits sur le juste et vous m'avez donné
Une fille. Depuis, qu'il me soit pardonné
Si j'ai péché ; mon corps est fait d'une humble poudre,
Vous êtes le Très-Haut et vous pouvez m'absoudre.
Seigneur, j'ai combattu pour votre nom, jadis ;
Soyez bon, donnez-moi le fier Huon pour fils ;

Que mon ardent désir devienne aussi le vôtre ;
Unissez deux enfants qui sont faits l'un pour l'autre,
Bathilde et lui ; donnez la force à la beauté,
Mariez la grandeur avec la pureté. »
Et le Maître du Ciel, le Dieu qui nous dirige,
Pourrait d'un mot d'amour opérer ce prodige.

On frappe à la porte.

SCÈNE TROISIÈME.

YVORINS, un SERVITEUR.

YVORINS.

Entrez.

LE SERVITEUR.

Pardon. C'est moi.

YVORINS.

Que viens-tu m'annoncer ?

LE SERVITEUR, à part.

Le maître a l'air fâché, j'aurais dû les laisser
A la porte.

YVORINS.

J'attends.

LE SERVITEUR.

Ce sont deux pauvres hères,
Des chanteurs mal vêtus qui se disent trouvères.

YVORINS.

Reçois-les, car j'aurai besoin de leur gaîté.

LE SERVITEUR

De vous les amener, j'ai pris la liberté.

SCÈNE QUATRIÈME

LES MÊMES, UN MÉNESTREL, HUON DE BORDEAUX
déguisé en servant du Ménestrel, puis BATHILDE.

LES MÉNESTRELS, entrant.

Seigneur, salut.

Le serviteur sort.

YVORINS.

Soyez les bienvenus, trouvères,
Après souper, pour adoucir nos fronts sévères,
Vous nous raconterez des histoires d'amour ;
Nous verrons votre adresse et votre plus beau tour.

LE MÉNESTREL.

Au jeu de gobelets, je ne suis pas novice,
Le peu que j'en possède est à votre service,
Et s'il vous faut des chants, vous n'aurez qu'à choisir
Entre chansons de guerre et chansons de plaisir.

Il fredonne.

En arrivant, nous apportons la joie
Dans les manoirs où le Ciel nous envoie.
Le gai savoir
Est notre avoir.
En arrivant, nous apportons la joie.

YVORINS.

Merci. Je suis content et je vous paîrai bien.

Entre Bathilde.

YVORINS, à Huon de Bordeaux.

Es-tu muet, beau sire, ou ne connais-tu rien ?
Ton air n'est pas celui qu'ont les autres nomades,
Et je ne te crois pas un rimeur de ballades.
Aurais-tu, par hasard, quelque titre à cacher ?

D'un ton radouci.

Dis-moi tes qualités. — J'ai tort de me fâcher.

BATHILDE, apercevant Huon de Bordeaux.

Mon ménestrel ! Ici ! .

YVORINS, à Bathilde.

Sa mine m'exaspère.

BATHILDE.

Il n'a rien dit encore, écoutons-le, mon père.

HUON DE BORDEAUX.

Sire Yvorins, je sais muer un épervier,
Nul ne peut mieux que moi forcer un sanglier ;
Lorsque le cerf est pris, je sais corner la prise
Et conduire les chiens sans aucune méprise ;
Je sais jouer ce jeu qu'inventèrent les Grecs
Pour charmer leurs loisirs, le noble jeu d'échecs.

YVORINS.

Bon ! je t'arrête là pour en avoir la preuve.

HUON DE BORDEAUX.

Non, laissez-moi poursuivre. Il n'est fille ni veuve
Qui par mes doux propos ne se laisse charmer.
— N'est-ce pas beau savoir que de se faire aimer ? —
Autant qu'un gentilhomme au cœur j'ai de vaillance ;
A la joûte, à l'escrime, à la dague, à la lance,
Je n'ai pas jusqu'alors rencontré de rival ;
Je maintiendrai mon dire, à pied comme à cheval.
Je lis en leur parler Aristote et Virgile ;
Je puis citer par cœur la Bible et l'Évangile ;
Ma voix module mieux que lyres et rebecs...

YVORINS, l'interrompant.

Voilà bien des métiers, je m'en tiens aux échecs.

HUON DE BORDEAUX.

Tant mieux, car à ce jeu-là je ne crains personne.

YVORINS.

Oh ! oh ! cette parole à l'oreille me sonne
Etrangement. Personne !... Et moi qui connaissais
Quelqu'un, non loin d'ici, coutumier du succès !
Je serais curieux d'admirer votre lutte,
Mais tu perdrais bientôt, mon beau joueur de flûte.

HUON DE BORDEAUX.

J'attends vos champions, Monseigneur, sans broncher.

BATHILDE.

Sa fierté me séduit.

YVORINS.

Mais, tête de rocher,
Fol, vantard, entêté, sais-tu que la superbe
Est un fait insolent chez un manant imberbe ?

LE MÉNESTREL.

Il est jeune ; excusez son naturel fougueux.

HUON DE BORDEAUX, au ménestrel.

Tais-toi, Raymond.

Au comte.

C'est vrai, j'ai la mine d'un gueux.
Mais songez qu'aux échecs il n'est pas de roture,
Et que si contre moi vous tentiez l'aventure,
En attendant du sort un arrêt hasardeux,
Pendant quelques instants nous serions rois tous deux.

BATHILDE.

C'est fort bien répondu.

YVORINS.

Le coquin n'est pas bête.

LE MÉNESTREL, bas à Huon de Bordeaux.

Vous allez un peu loin.

HUON DE BORDEAUX, avec suffisance.

Je parierais ma tête
A ce jeu.

BATHILDE.

Quelle audace !

YVORINS.

Il faut une leçon
A ce fol, qu'il l'ait donc et de rude façon.

A Huon de Bordeaux.

Ta tête, disais-tu, j'accepte la gageure
Si tu la maintiens

BATHILDE.

Père, oh ! je vous en conjure ..

YVORINS.

Et ne voyez-vous pas qu'il se moque de nous,
Dois-je le supporter ? Non, je compte sur vous.

BATHILDE.

Sur moi ?

YVORINS.

Si le combat devenait nécessaire,
Vous battriez bientôt un si piètre adversaire,
Nul n'a pu vous mater jusqu'à ce jour.

BATHILDE.

C'est vrai.

YVORINS.

Donc, s'il ne se dédit...

BATHILDE, avec ennui.

Contre lui je jouerai.

YVORINS, à Huon de Bordeaux.

Sur mon honneur, déjà te voilà moins superbe.
Avec ton assurance as-tu perdu le verbe ?
Tu trembles, va, chétif, apprends à rester coi
Après cette leçon.

HUON DE BORDEAUX.

Moi, trembler ! Non, pourquoi ?

YVORINS.

Oh! tu consentirais et tu jouerais ta tête !

HUON DE BORDEAUX.

Si je perds je pourrai du moins payer ma dette.
Qui veut me disputer ?...

YVORINS, montrant Bathilde.

Ma fille.

Surprise et hésitation de Huon de Bordeaux.

HUON DE BORDEAUX, après un silence.

Encor deux mots.

YVORINS.

Dis-vite, je suis las d'entendre tes propos.

HUON DE BORDEAUX.

J'ai fixé mon enjeu, mais j'ignore le vôtre.

YVORINS.

Le mien ?

BATHILDE.

Il a raison.

5

YVORINS, à part.

Bah ! Soyons bon apôtre !
La partie est certaine, et sa témérité
Mérite au moins un peu de générosité.
A qui ne peut gagner on peut bien tout promettre.

A Huon de Bordeaux.

Fixe le mien de même à ton gré : parle en maître.

HUON DE BORDEAUX.

Si je demandais trop.

YVORINS.

Non, va, sois exigeant,
Je t'accorderai tout : des terres, de l'argent...

HUON DE BORDEAUX.

S'il me faut plus encor que toute une fortune ?

YVORINS.

Je ne peux pourtant pas t'aller chercher la lune !
Mais formule tes vœux et j'aurai pour devoir
De les réaliser, s'ils sont en mon pouvoir
Et si tu gagnes, car c'est le point difficile.

Huon de Bordeaux regarde Bathilde, hésite et se décide enfin.

HUON DE BORDEAUX.

Au risque de m'entendre appeler imbécile
Et de me voir chasser honteusement d'ici,

Je m'explique. L'objet de mes vœux le voici :
Votre fille.

YVORINS.

Ma fille !

Il rit

Ah ! Ah !

BATHILDE, rougissante.

Quelle impudence !

YVORINS.

C'est au bruit des bâtons que s'ouvrira la danse
De ta noce...

LE MÉNESTREL.

Il est fou.

YVORINS, à Bathilde.

Riez-donc avec moi.

BATHILDE.

Rire ! quand j'ai le cœur encor tout en émoi !

YVORINS.

Vraiment, on a pendu des gens pour moindre chose.

BATHILDE.

Allez-vous accepter l'enjeu qu'il vous propose ?

YVORINS.

Pourquoi pas? Qu'avons-nous à craindre ? Il est perdu,
Laissons-le se griser avant d'être pendu.

BATHILDE.

Mais je ne veux plus, moi, cette gageure est folle.

YVORINS.

Soit, mais pour l'appuyer j'ai donné ma parole.

BATHILDE.

Ce n'est pas sérieux.

HUON DE BORDEAUX.

Rétractez-vous, seigneur...

YVORINS, avec ironie.

Dieu m'en garde, beau-fils, c'est pour moi grand honneur.
Je pensais justement à marier ma fille
Et j'espérais pour elle un homme de famille
Illustre, un prince, un duc, mais tu viens, il suffit.
Tu veux le supplanter, j'accepte le défi,
Nous allons voir comment tu vas jouer ton rôle.
Ma foi, tant pis, si tu meurs dans la peau d'un drôle.
Me rétracter... alors c'est toi, triple insensé,
Qui veux me pardonner, — le monde est renversé, —
Non. C'est moi qui suis grand qui pardonne l'injure,

Et qui te dis : Valet, j'accepte la gageure.
Oui, si tu peux d'ici te lever triomphant,
Pour femme tu prendras Bathilde mon enfant.
— Tu vois que je te fais la partie assez belle. —
Par contre s'il advient que le vainqueur soit elle,
Je veux qu'aujourd'hui même on te tranche le cou,
Car tu portes le chef trop haut, mon jeune fou.

BATHILDE, à son père.

Et si vous étiez pris vous-même dans ce piège ?

YVORINS.

Enfant!

Le jour baisse. Le serviteur entre, apportant deux lampes à bec. Pendant ce qui suit, il exécute les ordres du comte Yvorins et se retire.

YVORINS, au serviteur.

Pierre, à chacun de nous avance un siège,
Mets l'échiquier doré sur la table de jeu,
Fais apporter des vins et rallume le feu.

LE MÉNESTREL, à Huon de Bordeaux.

A quoi vous servira plus longtemps le mystère ?
Dites votre nom.

HUON DE BORDEAUX, menaçant.

Ça, coquin, tu vas te taire.

BATHILDE, à son père.

Je dois donc obéir, que je le veuille ou non ?

YVORINS.

Songez que vous jouerez sa vie et votre nom,
Mais lui n'est qu'un manant et vous êtes comtesse.

LE MÉNESTREL, à Huon de Bordeaux.

Je crains...

HUON DE BORDEAUX.

Non, la fortune est une bonne hôtesse.

BATHILDE, répondant à son père.

Aussi j'aurai grand soin de me le rappeler.

Les partenaires s'asseyent devant l'échiquier. Le ménestrel et le comte
regardent les préparatifs du jeu.

HUON DE BORDEAUX.

Grand est le jeu, Messieurs, nul ne doit s'en mêler.

YVORINS.

Sans doute.

Le comte et le ménestrel vont s'asseoir au fond de la scène à une table
dressée. Des vins leur sont apportés. Ils boivent. Au premier plan, Huon
de Bordeaux et Bathilde, après avoir placé leurs pièces, jouent.

BATHILDE, mettant la main dans le coffret où sont les pièces du jeu.

Choisissons dans les pièces d'ivoire.

HUON DE BORDEAUX.

A vous la couleur blanche, à moi la couleur noire.

BATHILDE, à part.

En si grave péril, quel air indifférent !

HUON DE BORDEAUX, nommant les pièces à mesure qu'il les place.

Le roi, les cavaliers, les fous, sur un seul rang,
Les tours...

BATHILDE, à part.

Il m'intimide.

HUON DE BORDEAUX, s'inclinant devant Bathilde.

A vos ordres, ma reine.

BATHILDE, jouant.

Soit.

A part.

Je voudrais savoir où le hasard m'entraîne.

HUON DE BORDEAUX.

Je commence de même avec le pion du roi.

BATHILDE, sans s'interrompre de jouer.

Sa voix ne trahit pas le plus léger effroi.

Si j'allais perdre ? — Oh ! non, ce serait une honte,
Et d'y penser le rouge à mon visage monte.

Les apartés qui suivent ne sont pas dialogués d'une façon suivie, mais
placés avec art pendant les manœuvres du jeu.

HUON DE BORDEAUX, à part.

Jusqu'ici mon dessein réussit à souhait,
Cela n'irait pas mieux si le destin jouait
Pour moi,

BATHILDE, à part.

Je désirais le revoir. Oh ! j'enrage !
Ce qui m'était plaisir me devient un outrage,
Où je rêvais l'amant se montre le valet.

HUON DE BORDEAUX, à part.

En raison du péril l'entreprise me plaît.

BATHILDE, à part.

Mon beau rêve n'était possible qu'à distance.

HUON DE BORDEAUX, à part.

C'est ici le réel combat de l'existence.
Si j'étais venu fier, demander en mon nom
Bathilde, il est certain qu'on n'aurait pas dit non,
Mais qui m'assurerait que c'est bien moi qu'on aime
Et non mon titre, un mot, comme dit le duc Naime.

BATHILDE.

Au roi !

HUON DE BORDEAUX.

Je le défends.

Il joue la reine.

Echec à vous aussi !

YVORINS, ayant rempli le verre du Ménestrel.

Bois.

LE MÉNESTREL, après avoir bu.

Ah ! quel excellent clairet que celui-ci.

BATHILDE.

Imprudent, je pourrais vous prendre votre reine ;
J'aurais après cela tout le reste sans peine.

HUON DE BORDEAUX.

Mon audace est trop grande et j'en serai puni,
Mais commandé par vous mon sort sera béni.

BATHILDE, riant, dédaigneuse.

Quoi ! votre belle ardeur déjà vous abandonne !
Faut-il qu'on vous redoute ou bien qu'on vous pardonne ?

Elle joue.

Ne désespérez pas avant d'avoir lutté.

6

HUON DE BORDEAUX.

Je ne serai vaincu que par votre beauté.

BATHILDE.

Vous me faites échec par la galanterie.

LE MÉNESTREL, au comte

Qu'avez-vous, Monseigneur.

YVORINS.

Ce jeu me contrarie.

LE MÉNESTREL, avec étonnement.

C'est vous-même, à l'instant, qui l'avez ordonné !..

YVORINS.

Ton page était trop fat, son orgueil effréné
M'avait irrité fort et j'avais fait ce compte
De changer devant tous sa gloriole en honte,
Mais ce pauvre est bâtard de quelque sang royal,
Il n'a pas tremblé.

LE MÉNESTREL.

Non. Vous fûtes trop loyal.

YVORINS.

Dis plutôt imprudent. Je me suis sans ressource
Livré comme un novice et s'il fallait ma bourse

Ou quelqu'autre bienfait pour sortir de ce pas,
Je donnerais tout.

LE MÉNESTREL,

Mais lui n'accepterait pas.

YVORINS.

Tais-toi. Qu'ai-je besoin de m'alarmer si vite ?
Ma fille le vaincra ce vilain qui m'irrite,
Lors je le chasserai pour le mortifier
Et l'apprendre à ne plus désormais s'y fier.

BATHILDE, prenant une tour.

Vassal, vous gagnerez sûrement la défaite,
Je crois qu'à votre jeu vous n'avez pas la tête ;
Sans peine je vous prends cettte fois une tour
Et le fou de la reine aura bientôt son tour.
Êtes-vous si lassé de la mortelle vie ?

HUON DE BORDEAUX.

Oui, puisqu'elle n'a rien des bonheurs que j'envie.

BATHILDE.

Halte ! je vais crier à la déloyauté,
Si par vous tout espoir de perdre m'est ôté.
La victoire à ce prix, non pas; je la renie,
Et si vous désarmez la bataille est finie.

Est-ce vous qui parliez avec un tel dédain ?
Je ne reconnais plus mon brave paladin.
Le voulez-vous, faisons quelques instants de trêve.
Contez-moi votre vie.

HUON DE BORDEAUX.

Ah ! c'est un triste rêve !

BATHILDE, avec une feinte compassion.

Que vous faudrait-il pour en bannir le dégoût,
Pour espérer, pour être heureux, dites-moi ?

HUON DE BORDEAUX.

Tout.

BATHILDE, à part.

Il va se lamenter, descendre à la prière ;
Et moi qui le rêvais d'âme grande et si fière.
Sans scrupules je ris de penser qu'un moment
J'ai pour cet inconnu pris quelqu'égarement.

A Huon de Bordeaux.

L'existence à ce point vous fût-elle marâtre ?

HUON DE BORDEAUX.

L'infirme du chemin, le mendiant, le pâtre,
Ont un sort préférable au mien.

BATHILDE.

Il se pourrait,

Comment cela ?

HUON DE BORDEAUX, mystérieux.

Qu'importe ? Au vent de la forêt
Ma douleur a chanté, mais la brise muette
N'a pas dit à l'écho la plainte du poète.
Nulle voix d'angélus n'éveille cet avé
Écrit dans un aveu que la pluie a lavé...

BATHILDE.

Je ne vous comprends plus.

HUON DE BORDEAUX.

Ne l'essayez pas même ;
Ma peine partagée en serait plus extrême ;
Votre cœur est sensible, et vous en souffririez,
A moins qu'il ne soit fier, et de moi vous ririez.
Reprenons la partie où nous l'avions laissée.

BATHILDE.

Non, par votre secret je suis intéressée
Franchement.

HUON DE BORDEAUX, à part.

J'ai mis trop de distance entre nous.
Il faudrait maintenant tomber à ses genoux,
Trouver une prière émue, un mot qui touche ;
Mais je vois le mépris qui naîtrait sur sa bouche,
Son père menaçant se levant indigné,

Et moi, sans avoir droit de défense, empoigné,
Traité de fou pervers, battu, mis à la porte.

A Bathilde.

N'insistez pas. Jouons. Il se peut que je porte
En moi quelque chagrin qui ferait vos beaux yeux,
Tristes ; je ne veux pas les rendre soucieux,
Jouons. C'est le devoir du pauvre de se taire
Et sa meilleure excuse est encor le mystère.

BATHILDE, à part.

Doutes nouveaux toujours que chaque instant résoud !
Ma raison le condamne et ma pitié l'absoud,
Le charme de sa voix m'attendrit, me courrouce,
Et je deviens cruelle en me sentant plus douce
Jusqu'à redouter même, avec un vague émoi,
Qu'il ne souffre de cœur par d'autres que par moi.
En vain je veux railler, forte de ma noblesse,
Un pouvoir plus puissant m'humilie et me blesse.

A Huon de Bordeaux.

Oubliez qui je suis, croyez en ma douceur,
Parlez.

HUON DE BORDEAUX

Vous l'exigez ?

BATHILDE.

Parlez à votre sœur.

HUON DE BORDEAUX.

Vous êtes belle, enfant, mais vous êtes candide.
Alors que vous passez dans la foule, splendide
Et pure comme un lys dominant les sillons,
Plus blonde qu'une étoile au front ceint de rayons,
Savez-vous quels bonheurs et quels malheurs vous faites
En vous mêlant ainsi à nos deuils et nos fêtes ?
Savez-vous les désirs qui naissent sous vos pas,
Et les obscurs pensers qu'on ne formule pas ?
Tout entière au concert de voix qui vous acclam e,
Le doute n'en vient pas même effleurer votre âme.
Savez-vous que l'amour peut naître d'un regard,
Et que ce regard blesse au cœur comme un poignard ?

BATHILDE.

Que puis-je à cela ?

HUON DE BORDEAUX.

Rien.

BATHILDE.

C'est folie...

HUON DE BORDEAUX.

Et martyre.
Lorsque l'insecte vole au foyer qui l'attire,
Tournoyant, aveuglé, s'il tombe consumé,

Le foyer n'est pas plus cruel que l'être aimé.
Le papillon qui meurt du baiser de la flamme
Et l'homme torturé par l'amour d'une femme
Sont fous. Vous l'avez dit. Nulle autre cruauté
N'a causé leur malheur que la fatalité.

La plus profonde peine et la pire souffrance,
C'est lorsque le désir surpasse l'espérance :
Vous êtes mon désir et vous êtes ma foi.
Croyez-vous que l'espoir existe encore pour moi?
Et voyant à présent le malheur dont je souffre,
Ne reculez-vous pas comme à l'aspect d'un gouffre ?

Bathilde fait un geste pour l'interrompre.

Pardon, moi qui pour vous donnerais tout mon sang,
En vous parlant ainsi j'ai peur d'être offensant.

BATHILDE.

Non, je vous plains, un sort funeste vous accable.
A part.
Mais je puis déjouer son arrêt implacable.

HUON DE BORDEAUX, à part.

J'ai lu dans son regard ma victoire d'amour,
Il est temps maintenant de perdre.

A Bathilde.
A votre tour.

Jouons. On nous regarde.

BATHILDE, jouant.

Echec !

HUON DE BORDEAUX.

Je désespère.

Ma parti est mauvaise. Echec au roi !

BATHILDE, jouant.

A part.

Mon père,

Vous fûtes imprudent, vous fûtes insensé.

YVORINS, à Bathilde.

Le sort s'est-il pour vous ou pour lui prononcé ?

BATHILDE.

Pour aucun de nous deux, mais attendons l'issue,
Je ne présage rien de peur d'être déçue.

YVORINS.

Ce doute m'est cruel.

BATHILDE, regardant l'échiquier.

Oh!... quel superbe coup !

HUON DE BORDEAUX, montrant la pièce qu'il vient de prendre.

Un cavalier. Superbe est peut-être beaucoup.

7

Le comte a vu le mouvement de Huon de Bordeaux ; il se lève et s'avance à lui.

YVORINS.

Arrête, ménestrel. Je te crois sur parole.
Mon esprit divaguait comme une flammerole
En imposant ce jeu, ne continuez pas.
La nuit descend déjà, c'est l'heure du repas.
Je fais grand cas de toi. Pour t'en fournir la preuve,
Accepte le présent d'une viole neuve
Que mon père acheta d'un ouvrier génois,
Et je te donne encor mon plus brillant harnois.

HUON DE BORDEAUX.

Ah ! combien j'aimais mieux votre noble démence,
Que soudain cette peur trop prompte à la clémence !
Vous pouvez me donner avec tout votre bien,
Monseigneur Yvorins, je n'accepterai rien.

YVORINS.

De ta témérité je ne suis plus complice.
Je voulais te sauver, que ton sort s'accomplisse.

HUON DE BORDEAUX.

Merci.

A Bathilde.

Jouons.

Ils jouent.

BATHILDE,

Ma reine est en votre pouvoir.
Quel échec désastreux !

HUON DE BORDEAUX.

Vous pouviez le prévoir.

BATHILDE.

C'est à vous maintenant que reste l'avantage.

HUON DE BORDEAUX.

Je ne gagnerai pas pour cela davantage.

BATHILDE.

Qui le sait ?

HUON DE BORDEAUX.

Moi.

BATHILDE,

Comment ?

HUON DE BORDEAUX.

Je ne veux pas gagner ;
Je n'en ai pas le droit ; je dois vous épargner
La défaite. Ecoutez : il me serait infâme
De faire violence à votre cœur de femme.

Tristement, après un silence.

Vous êtes noble, vous, maîtresse d'un castel,
Et moi je suis sergent du pauvre ménestrel.

BATHILDE.

Ami, jouez encor...

HUON DE BORDEAUX.

Non. Ce jeu m'importune.

BATHILDE, lui prenant la main.

L'Amour est quelquefois guidé par la Fortune.

HUON DE BORDEAUX.

Mauvais choix, car ils sont aveugles tous les deux.

BATHILDE.

Vous êtes, à présent, bien plus aveuglé qu'eux ;
Votre main est tremblante et votre oreille est sourde.
Je veux jouer pour vous. La charge n'est pas lourde.

Elle avance une pièce du jeu de son adversaire.

HUON DE BORDEAUX et BATHILDE.

Echec et mat !

HUON DE BORDEAUX, se levant.

Au comte.

Monsieur, votre fille a perdu.

YVORINS.

Perdu ?

LE MÉNESTREL.

Perdu !

HUON DE BORDEAUX.

Perdu.

YVORINS.

Sangdieu ! Qu'ai-je entendu ?

BATHILDE, montrant l'echiquier.

Voyez.

HUON DE BORDEAUX, avec ironie.

Oui. J'ai gagné. C'est une grande gloire
Pour un simple manant qu'une telle victoire.

YVORINS.

Maudite soyez-vous, ma fille ! A ce lourdaud
Vous allez être unie. Oh ! supplice ! Il le faut.
J'ai promis devant tous, ma parole est sacrée.
Partez... Vous n'êtes plus mon enfant adorée,
Vous êtes sa femme. Oh ! que je suis malheureux !

LE MÉNESTREL, faisant des signes désespérés à Huon de Bordeaux.

A part.

Et l'autre qui se tait...

HUON DE BORDEAUX, au comte.

Ce n'est pas sérieux.
Nous luttions, j'ai gagné, l'épreuve est suffisante.
Votre fille a ceci ne peut rien, l'innocente.
Calmez votre fureur, nous en resterons là.

BATHILDE.

Je n'y comprends plus rien.

YVORINS, doutant encore.

Tu consens à cela ?

HUON DE BORDEAUX.

Avant que de combattre il est encore d'usage
De s'effrayer l'un l'autre : on chante son courage,
Ses exploits. Ce sont là des façons de parler,
Vous le savez. Pas n'est besoin de rappeler
Les noms de ces guerriers grands faiseurs de harangues ;
Les glaives n'étaient pas moins braves que les langues.
Cette coutume fut en honneur chez les Grecs,
Est-elle déplacée en jouant aux échecs ?

LE MÉNESTREL, à part.

Mais il raille, il s'amuse.

YVORINS.

Ami, ton âme est haute,
Plus fière que la mienne, à moi qui suis ton hôte.
Je dois le reconnaître en toute humilité.

BATHILDE, dépitée, à part.

Ah ! si je l'avais su je t'aurais bien maté !

HUON DE BORDEAUX, se débarrassant de sa cape de ménestrel, apparait
en costume de chevalier.

HUON DE BORDEAUX.

Bas le masque !

LE MÉNESTREL.

Il est temps.

HUON DE BORDEAUX, au comte.

Pardonnez-moi, Messire,
Cette ruse.

YVORINS.

Une ruse ?

HUON DE BORDEAUX.

Oui, je vais tout vous dire :
Je suis chevalier, duc, votre fille me plait,
Je la veux. Que je sois venu comme un valet
Piteux, pour l'obtenir, la chose semble obscure,
Mais ne m'en veuillez plus et n'en prenez point cure,
Car j'avais mon idée en agissant ainsi.

YVORINS.

C'est étrange, en effet.

HUON DE BORDEAUX.

Mon projet le voici :
Je voulais être aimé de la femme que j'aime,
Et l'on est jamais sûr d'être aimé pour soi même
Quand on porte un habit frangé d'or sur le dos.

BATHILDE.

Doutez-vous encor ?

HUON DE BORDEAUX.
Non.

Au comte.

Moi, Huon de Bordeaux,
Vous demande humblement la main de votre fille,
Comte, ne soyons plus qu'une seule famille.

Il lui tend la main.

YVORINS, après une hésitation.

Vous ! Huon de Bordeaux, toi ! C'est trop de bonheur !
Les yeux au ciel.

Vous m'avez entendu, soyez béni, Seigneur !

HUON DE BORDEAUX, la main dans la main de Bathilde.

A Bathilde.

Pardonnez-moi d'avoir usé d'un stratagème.

BATHILDE.

Qu'ai-je à vous pardonner alors que je vous aime ?

A son père.

Père, puisqu'aujourd'hui vous accordez ma main,
Que viendront faire ici vos invités, demain ?

YVORINS.

Ils viendront pour signer à votre mariage,
Les plus désespérés en boiront davantage...

LE MÉNESTREL.

J'en suis.

YVORINS, à Huon de Bordeaux.

Vous nous avez fait une peur affreuse,
Beau fils.

A Bathilde.

Qu'en dites-vous, enfant ?

BATHILDE, penchant sa tête sur l'épaule de Huon et le regardant.

Je suis heureuse.

Au public.

C'est aux feuillets noircis d'un livre de *trouveur*,
Dans le naïf parler d'où l'époque s'invente
Et parmi des récits de gloire ou d'épouvante,
Que cette histoire a pris son antique saveur.

8

C'est aux récits de France amusants de ferveur
Et précieux encor qu'ils ne soient pas de vente,
Que fut ravie en fleur de sa grâce vivante
La fraternelle idée inspirante au rêveur.

N'aura-t-il pas trahi par sa forme nouvelle
Les beautés qu'un langage ancien nous révèle ?
Et nous-mêmes, acteurs coutumiers d'un autre art,

Avons-nous satisfait juste à votre exigence ?
Décidez d'un bravo, d'un geste, d'un regard :
Nous attendons de vous le blâme ou l'indulgence.

FIN.

ACHEVÉ D'IMPRIMER

Le 10 Juin 1889

SUR LES PRESSES DE PAIRAULT ET Cie

A PARIS

FASCICULES PARUS

—

Amour Idéal
La Chanson des Mois